C,2

Une drôle de journée pour Madame Poule

À Emma, Ève, Léa, Lia, Jacob et Victoria,
à qui j'ai raconté la première fois cette histoire.

Lina Rousseau

Catalogage avant publication de Bibliothèque et Archives nationales du Québec et Bibliothèque et Archives Canada

Rousseau, Lina
Une drôle de journée pour Madame Poule

Pour enfants de 3 ans et plus

ISBN 978-2-89512-943-1 C-(

I. Favreau, Marie-Claude. II. Titre.

PS8635.O865D76 2010   jC843'.6   C2010-941436-5
PS9635.O865D76 2010

Chargée de projet : Françoise Robert
Graphiste : Dominique Simard
Révision : Valérie Quintal

Dépôt légal : 2e trimestre 2011
Bibliothèque et Archives du Québec
Bibliothèque nationale du Canada

Dominique et compagnie
300, rue Arran,
Saint-Lambert (Québec)
Canada J4R 1K5
Téléphone : 514 875-0327
Télécopieur : 450 672-5448
Courriel : dominiqueetcompagnie@editionsheritage.com

www.dominiqueetcompagnie.com

Imprimé en Chine

Merci à Dominique Caron,
Hélène Chouinard, Diane Defoy,
Alexandra Gosselin, Charlotte Guérette et
Sarah Tremblay pour leur collaboration.

Nous remercions le Conseil des Arts du Canada de l'aide accordée à notre programme de publication.

Nous reconnaissons l'aide financière du gouvernement du Québec par l'entremise du Programme de crédit d'impôt pour l'édition de livres – SODEC – et du Programme d'aide aux entreprises du livre et de l'édition spécialisée.

Nous reconnaissons l'aide financière du gouvernement du Canada par l'entremise du Fonds du livre du Canada pour nos activités d'édition.

Une drôle de journée pour Madame Poule

Lina Rousseau
Marie-Claude Favreau

Dominique et compagnie

Tous les jours, très tôt le matin,
Monsieur Coq chante le même refrain
en bégayant du mieux qu'il peut :

CO CO... CO CO... RICO! CO CO... CO CO... RICO!

Madame Poule, sa voisine, saute aussitôt du lit.
« Allez, hop ! Une autre belle journée à savourer ! »
Seule dans sa jolie maison, elle n'a pas le temps de s'ennuyer.

Pour partir du bon pied,
Madame Poule fait quelques exercices bien rythmés.

«Un, et deux, et trois ! À gauche, à droite, en haut, en bas !
Allez, ma chère ! Il faut continuer ! » souffle-t-elle en mouchant son nez.

Puis, elle se concocte un petit déjeuner
fort copieux : des fruits, des croissants
du fromage et, pourquoi pas,
des crêpes arrosées de miel.

DE **MÉMOIRE** DE POULE...
JAMAIS ELLE N'A
TERMINÉ UN REPAS
SANS BOIRE UN
VERRE DE LAIT
BIEN FRAIS !

Aujourd'hui, Madame Poule
a beaucoup de travail. C'est jour de lessive.
Une fois que ses habits seront propres,
elle pourra plonger le nez dans son livre.

Lave, lave, lave les culottes
Frotte, frotte, frotte les chaussettes
Lave, lave, lave... frotte, frotte, frotte
Tout doit être propre !

« Ah ! quel parfum ! » s'exclame Madame Poule en mettant
un par un ses vêtements sur la corde à linge.
D'abord, elle étend ses chaussettes et ses culottes.
Ensuite, elle suspend son chemisier,
sa robe, son pantalon et son jupon.

« Oh, oh ! bout de caramel !
C'est l'heure de grignoter ! » décide-t-elle.

Madame Poule croque dans une belle grosse pomme,
puis s'allonge sur une chaise avec un nouveau livre
à dévorer. Absorbée dans sa lecture,
elle ne voit pas le temps filer !

Grrrrou... «Quel est ce bruit ? Est-ce mon estomac qui crie ?
Oh ! j'ai une faim de loup ! » caquette-t-elle.
Madame Poule trottine jusqu'au potager
où elle remplit son panier de choux, de carottes,
de navets, de pommes de terre et d'échalotes.

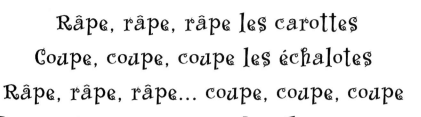

Râpe, râpe, râpe les carottes
Coupe, coupe, coupe les échalotes
Râpe, râpe, râpe... coupe, coupe, coupe
À feu doux mijote la soupe !

Madame Poule est heureuse ! Sa journée finit bien.
Elle sait déjà que demain,
elle cueillera d'autres légumes dans son jardin...

Mais voilà que le lendemain matin,
Madame Poule n'ouvre pas ses volets.
Le loup, qui rôde dans le coin,
remarque le silence suspect.
« Que se passe-t-il ? » s'inquiète le loup.

Vite, il court chez Monsieur Coq.
« Monsieur Coq ! Monsieur Coq ! Avez-vous
chanté ce matin ? » crie-t-il, essoufflé.
« B… B… Bien entendu que… que… que j'ai chanté ! »
répond le coq, offusqué.

DE **MÉMOIRE** DE LOUP...
JAMAIS IL N'A ÉTÉ
AUSSI **ÉTONNÉ** !
MADAME POULE N'EST
PAS ENCORE
LEVÉE...

« **Toc, toc, toc !** Il y a quelqu'un ? » demande le loup.
« Atchoum ! Atchoum ! Qui est là ? J'ai un vilain rhume
et je suis très fatiguée… » gémit Madame Poule.
« Ne bougez surtout pas ! C'est moi, le loup.
Restez couchée ! Je m'occupe de tout ! »

Madame Poule ne sait que penser.
Le loup vient-il la manger ?
Ou est-il là pour l'aider ?
Quoi qu'il en soit,
elle est trop faible
pour se lever…

Atchoum!

Le loup, qui connaît bien toutes les habitudes de Madame Poule,
s'empresse de faire sa lessive.

Lave, lave, lave les culottes
Frotte, frotte, frotte les chaussettes
Lave, lave, lave... frotte, frotte, frotte
Tout doit être propre !

Puis, comme elle, il étend… les chaussettes, les culottes,
le chemisier, la robe et le pantalon. Sans oublier le jupon !
Tout en terminant sa besogne, le loup a soudain une idée !

« Eh, eh ! Rien de tel qu'un bon thé
pour la réconforter ! » se dit-il, le cœur comblé.
À pas de loup, il apporte un plateau bien garni
dans la chambre de sa nouvelle amie.

Madame Poule croit rêver…
Un loup est à ses côtés pour la… soigner !
« Atchoam ! Atchoam !
Maintenant que nous avons bien bavardé,
je crois que je vais me reposer »,
murmure-t-elle, rassurée.

« Ne vous levez surtout pas ! Je m'occupe de tout !
Il faut que vous dormiez », lui répète le loup,
en sortant de la chambre sur la pointe des pieds.

À quatre pattes dans le jardin, le loup récolte un chou, des carottes, des navets, des pommes de terre et des échalotes. Ensuite, il épluche les légumes, les lave, les coupe, les râpe et les dépose dans une grande marmite remplie d'eau.

Râpe, râpe, râpe les carottes
Coupe, coupe, coupe les échalotes
Râpe, râpe, râpe... coupe, coupe, coupe
À feu doux mijote la soupe !

Le loup est heureux ! Il a passé la journée
à prendre soin de son amie enrhumée.
Lorsque tout est prêt, il s'empresse de lui faire goûter
sa bonne soupe aux saveurs du potager.

« Comme vous êtes gentil, Monsieur Loup ! roucoule Madame Poule.
Avant de partir, pourriez-vous me raconter une histoire ?
Une histoire de… grrrrrand méchant loup ?! »

DE **MÉMOIRE** DE POULE…
JAMAIS ON N'A VU
JAMAIS ON NE VERRA
UN GRAND MÉCHANT LOUP
SI GENTIL QUE ÇA !